Misterio tras los espejos

Breyni Beato

Primera Edición

PAGE PUBLISHING, INC.
Conneaut Lake, PA

Primera publicación original de Page Publishing 2020

ISBN 978-1-64334-752-3 (Versión Impresa)
ISBN 978-1-64334-754-7 (Versión electrónica)

Libro impreso en Los Estados Unidos de América

Inicio del viaje

El frío de la madrugada trae consigo el aliento de los fantasmas que no podemos ver. Ese aliento gélido que nos toca la piel hasta dormirla y nos hace enfermar.

Yo fui testigo de las más terroríficas situaciones en las cuales un hombre pudo haber estado. No les pido que me crean, basta con que me escuchen y presten atención.

Como cualquier hombre curioso por los misterios de la vida, los secretos de mundo, aquello que no vemos, ni sentimos pero que muchos dicen que están ahí. Mi interés y fascinación por saber y aprender sobre todo y más aún por lo sobrenatural me llevó a una serie de investigaciones las cuales llevé a cabo.

Una madrugada lluviosa mientras leía en mi habitación tuve un impetuoso sueño. Sueño en el cual caí abatido hasta quedarme dormido. Sueño el cual me produjo, no sé si llamarlo pesadilla o solo un simple sueño. Pero ahí estaba yo en una cabaña, en una montaña. Despertando por el frío de la madrugada, un frío tan estremecedor que me dolían los huesos. Se sentía tan real, que hasta recuerdo del todo esa sensación. Pero ahí estaba, despertando y enseguida busqué leña y prendí la chimenea.

Podía escuchar los susurros del viento, acariciando levemente mis oídos y provocando en mí una sensación de escalofríos. Me dispuse a leer un poco hasta ver si podía conciliar el sueño de nuevo y dormir.

Ya fascinado por lo sobrenatural, leía y trataba de entender y llevar a cabo algunos de los rituales encontrado en el códex gigas.

Descubrí algo asombroso, cerré la página 6 a la mitad de manera vertical y la página 66 de igual manera a la mitad de manera vertical y encontré algo muy peculiar. Un ritual fácil y eficaz de hacer. Decidí llevar a cabo tal ritual y ver los frutos de él.

Necesitaba, un espejo, un diente de mi propia boca, una pestaña de mis ojos. Dos velas rojas y una negra, un poco de sangre y por último y no por ello menos importante, necesitaba decir unas frases en latín para terminar el ritual. Con el cual podría ir al mundo detrás del espejo y ver lo que está ahí pero no se ve a simple vista.

Tomé una vasija y vertí un poco de mi sangre, luego puse mi diente, una pestaña de mis ojos, coloqué las dos velas rojas pegadas en cada esquina del espejo y la negra delante y proseguí a decir las siguientes palabras:

—*"Speculum orbis partem sanguinis obligo me et transeamus ad tab tibi de me dentibus in elit"*.

Tras decir estas palabras sentí como algo en mi era absorbido por el espejo y mi cuerpo se quedaba detrás. En ese mismo instante desperté del sueño.

El sueño que no era del todo un sueño

CURIOSO POR TAL SUEÑO, DECIDÍ llevar a cabo todo lo que soñé, pero con la mínima esperanza de que algo interesante sucedería.

Hice todo lo que había soñado y tras decir las palabras mágicas, algo si sucedió, algo que no esperaba ni tampoco podía creer. Mi alma fue absorbida por el espejo, y pude ver y sentir cosas que antes no.

Mi cuerpo cayó desplomado frente al espejo y yo me podía ver. Parecía estar dormido. Una puerta negra se encontraba detrás de mí, sentía temor y a la vez curiosidad por ver que clases de misterios se encontraban tras las penumbras de este frío y oscuro lugar.

Abrí la puerta y con mis temores siguiéndome, decidí entrar. Pero al hacerlo, fue como si saliese de mi casa. Todo era igual, la única diferencia fue que; todo se veía a blanco y negro y podía ver ánimas, almas, fantasmas, espectros y cuanta clases de criaturas, si así se les podría llamar. Deambulando por las calles.

Todas las casas tenían la misma puerta negra y pude notar que todas estas criaturas de las penumbras me podían ver. Parecían zombies, caminando sin sentido. O eso creía yo. Decidí entrar a la puerta en frente de mi casa, y al hacerlo me llevó a un lugar desconocido. Fue, como si hubiese cruzado un portal hacia otra dimensión. Un lugar escabroso y a la vez tenebroso. Pero aquí las criaturas parecían tener más consciencia que las de ahí fuera. Y una se me acercó y me habló en un lenguaje extraño que no pude entender, lo cual dio a notar que no era de ese lugar. Sus palabras fueron *"bezīhi bota mini iyefelegu newi"* (¿Qué buscas en este lugar?).

Me quedé callado sin saber que hacer, pero en ese instante algo o alguien se acercó y me habló y le pude entender, me dijo:

—Hola.

Al entenderle le respondí y por mi acento se percató de que hablaba español y me habló en español. Le saludé y le pregunté que me dijo esa criatura, me dijo, que me preguntó que, qué buscaba en este lugar.

Le conté todo lo sucedido y le pregunté que ¿qué era o quién era? y que ¿qué era todo este lugar? Mil preguntas rondaban por mi cabeza, pero ese ser o criatura me dijo:

—No es bueno meterse con lo desconocido sin saber sus consecuencias. Este lugar es una dimensión diferente a la de los humanos, y el ritual que has hecho deja tu cuerpo y saca tu alma como si fuese un viaje astral, la puerta que cruzaste convierte tu alma o más bien la hace compatible para que puedas estar en este lugar por un periodo de tiempo.

Este lugar, esta dimensión, estas penumbras sirven para encontrar respuestas que en tu dimensión no podrás encontrar. Y cuando se acabe tu periodo de tiempo volverá tu alma a tu cuerpo y te despertarás delante del espejo y tendrás la sensación de que tuviste algún sueño. Pero todo esto es real. Yo también soy un humano, un viajero. Vengo a este lugar a buscar conocimiento y si no puedes verme como un humano tal cual, es porque hice otro ritual para distorsionar mi aspecto y así no ser reconocido si me encontraba con otro viajero como tú.

Al escuchar estas palabras pregunté.

—¿Otro viajero? ¿Quieres decir que hay varios?

Me dijo:

—Si hay, pero muy pocos, pocos son los que han podido desvelar el secreto del códex gigas y se han atrevido a hacerlo. Todo por saciar su curiosidad y obtener más conocimiento.

Sentí un temblor en todo mi ser y como mi cabeza se sacudía de un lado a otro y como si de un tobogán se tratase sentía que caí en algún lugar. Hasta que desperté en frente de mi espejo...

La Regresión

Al recobrar la conciencia, medité sobre lo que sucedió y quedé anonadado. Tenía que volver a ese lugar, aun así sin saber la consecuencia de lo mismo y sin saber qué otro misterio y fascinaciones encontraría, tenía que volver y hablar con ese viajero para que me contara más sobre todo eso.

Aun así, sabiendo que perdería otro de mis dientes y que perdería un poco más de mi sangre y los otros ingredientes para volver a hacer el ritual. Al mirar el reloj, me di cuenta de que habían pasado 12 horas y no parecía ni qué había tardado ni una hora en ese lugar. En conclusión, ahí el tiempo solía pasar más lento.

Y producto de esto nacieron nuevas dudas.

Aproximadamente a las 11 a. m. Salí a tomar aire y caminar un poco por los alrededores de mi casa. El clima estaba denso, nublado y neblinoso. El tétrico ambiente perfecto para que naciese una buena historia. De terror.

Me encontré con un viejo amigo en la calle próxima a donde yo vivía. Entablamos una pequeña charla y me contó que había estado leyendo alguno que otro relato, que más luego me enviaría para que lo leyese.

Luego de obtener lo necesario para hacer de nuevo el ritual, decidí volver a mi casa y por segunda vez sumergirme en los misterios detrás del espejo.

Ya para las 3 p. m. decidí hacer el ritual, hice todo lo necesario a diferencia de que ahora tomé otro diente. Cabe resaltar que el primer diente que usé fue un incisivo; (corresponden a un total de 4 piezas dentales).

Pero para esta ocasión decidí usar un canino: (también son otras 4 piezas dentales, 2 arriba y 2 abajo).

Cuando fui absorbido por el espejo y mi cuerpo quedó detrás. Pasé la puerta que servía de portal, y con ello pude notar que estaba en otro lugar totalmente diferente al cual había estado antes.

Un extraño ser

Ya no aparecí en frente de mi casa ni nada parecido. Este lugar, era soleado. Colorido y como si de un jardín se tratara podía apreciar toda especies de animales, conocidos y desconocidos. Un enorme ser se veía sentado en una roca con forma de silla, tenía una forma humanoide, pero sus dedos eran como raíces y su cara parecía un sol radiante.

Quedé fascinado por todo lo que estaba viendo. Aunque a la vez asustado, ya que es normal para los humanos sentir miedo por lo desconocido. Grandes aves se paseaban por los caminos del viento, todo parecía perfecto y un estruendoso sonido salió de aquel ser humanoide, todo se paralizó. Como si se parase el tiempo a mi alrededor. Y me preguntó.

—¿Qué buscas en tan recóndito lugar?

Yo, tal cual inocente e ignorante le dije que estaba buscando sabiduría y conocimiento, sin saber quién era o más bien que era ese ser. Le pregunté su nombre y otra vez su voz estruendosa salió, y parecía ser que las nubes servían de altavoces, porque su voz se escuchaba por todos los cielos. Me dijo:

—Yo soy el principio. Antes de mí solo estaba la nada y luego de la nada nací yo dando inicio al todo. Continuó, te responderé tres preguntas y nunca más volveremos a vernos, ya que sé del modo que aquí llegaste porque lo sé todo, y sé que a través de ese medio no puedes volver dos veces al mismo lugar.

Yo, entusiasmado e incrédulo por todo lo que estaba viendo, decidí preguntarle.

Primera pregunta:

—¿Cómo surgió todo?

No titubeó en responder.

—La nada y el todo son uno, nada existe a la vez que todo existe. De la nada surgió todo y todo se volverá nada. El cosmos, las estrellas, el infinito, lo finito. Todo, nace a partir de la nada, la nada lo es todo.

La nada es todo lo que conocemos, la nada es todo lo que desconocemos. Para poder entender todo, debes entender la nada y conocer la nada. Te diré un secreto, ustedes los humanos poseen 5 sentidos o más bien eso creen, esos 5 sentidos no les permiten percibir y conocer a la nada, porque se necesita más que eso para poder entenderla.

Segunda pregunta:

Al escuchar esto le pregunté:

—¿Y cómo puedo yo obtener o despertar los otros sentidos?

—El principio —me contestó—. Ustedes los humanos poseen un cuerpo el cual los limita. Su verdadera naturaleza no está creada para ser física ni tangible. Su cuerpo retiene la verdadera esencia del ser, el ser es como el aire, intangible, nunca muere, no tiene forma. Pero está ahí, dentro del cuerpo siendo prisionero del tiempo y de muchas cosas más.

Al dormir el ser logra escapar del cuerpo, pero solo por unos instantes hasta que el cuerpo se reanima. Cuando logras escapar del cuerpo de manera voluntaria entonces vas adquiriendo los otros sentidos y comprendiendo a la nada. Pero para eso, necesitas práctica y más conocimiento, conocimiento que debes buscar tú mismo a través de la búsqueda, búsqueda que debe ser interna.

Es algo muy complejo, puesto a que si no sabes lo que buscas no entenderás lo que encuentres. Pero con una concentración óptima y silencio total. Cuando busques dentro de ti, tú no encontrarás nada. Porque lo que quieres te encontrará a ti.

Al escuchar esto me quedé pensativo unos minutos y tras entender un poco tales explicaciones iba a proseguir a hacerle otra pregunta, pero de nuevo tuve la sensación de ser absorbido y estar cayendo en picada y como aquella primera vez. Desperté en mi habitación en frente de mi espejo con la misma sensación de haber creído que todo fue parte de un sueño.

Ynierb Otaeb

Tras todo esto. Decidí tomar nota de lo que quedaba en mi mente de todo lo aprendido dicho por el extraño ser (El principio). Mi sed de sabiduría no se saciaba y quería saber más y más. Me tomé un descanso y decidí tomar algo y luego comer.

Las horas pasaban volando, mientras que yo no me daba cuenta al estar sumergido en el mundo detrás de los espejos. Era un invierno con un frío excesivo. Década de los 50.

Muchos se preguntarán ¿quién soy? Y porque les narro todo esto. Les contaré, que mi nombre es, Ynyerb Otaeb. Nací el 16 de mayo del 1930. En medio de la gran depresión, cuando la crisis azotaba todo el planeta y producto de las grandes tensiones sociales y políticas a medida que iba creciendo, me vi obligado a buscar otra realidad muy diferente a esta. Ciudad de Paterson, New Jersey. 1950.

A mis 20 años de edad. La realidad en la que vivía me parecía un poco absurda, vacía y sin sentido. Por eso decidí sumergirme en los misterios, buscar más allá de todo esto que podía percibir a simple vista y ver que sucede, porque tenía la sensación de que todo lo que veía era solo una pizca mínima de lo que en realidad hay. Producto de eso, decidí leer varios libros, pergaminos, historias y todo lo relacionado con el misticismo y el mundo astral.

Hasta que sucedió lo antes ya narrado. Todas mis investigaciones, todo cuanto descubrí me llevaron hasta aquí. Pero hay más. Así que tú, que estás leyendo esto, te invito a que me acompañes en este viaje.

A mi corta edad, ya había descubierto varias cosas alucinantes y fui acumulando ese saber para luego relacionarlo con otras cosas las cuales iba aprendiendo a medida que el tiempo pasaba.

Conociendo la nada

Luego de haber tenido el encuentro con ese ser que se hacía llamar el "El Principio" Dejé de hacer el ritual del espejo y me centré en la búsqueda interna, me centré en conocerme más, conocer lo que significa en realidad la nada y lo que en realidad era o es el todo.

Descubrí que en realidad la definición de la nada, humanamente hablando es errónea. Y que la nada tal cual, no existe. Se me hizo difícil de comprender esto, puesto que desde mi nacimiento hasta ahora tenía otro significado sobre la nada.

Hice varios viajes astrales, también profundicé más en mí, para conocerme más. Y descubrí un sin número de cosas maravillosas.

Lo primero que descubrí fue, que la nada no existe que hay algo donde creemos que no hay "nada" Descubrí que no hay espacio vacío. Que hay cosas tan pequeñas que a simple vista no podemos observar. Descubrí que en la más pequeña partícula hay un mundo, al igual que en el espacio más grande hay otro mundo.

Lo segundo que descubrí es que el alma es inmortal, que el ser humano es inmortal. Que el cuerpo nos hace humanos, lo que implica que dentro del cuerpo somos mortales, pero fuera de él somos inmortales. Se preguntarán cómo descubrí todo esto y qué procedimientos llevé a cabo para lograr todo, y obviamente se los contaré, pero antes debo de seguir narrando, lo que descubrí al hacer el siguiente viaje al mundo de los espejos.

Luego de que El Principio me contó todo aquello y luego de que me centré en conocerme más y aprender a cómo liberarme de las ataduras del cuerpo, volví al mundo de los espejos. Para llevar a cabo otra vez el ritual, decidí usar uno de mis dientes premolares.

De vuelta al mundo de los espejos

HICE TODO CUANTO DEBÍA HACER y procedí a decir aquellas palabras mágicas.

"Speculum orbis partem sanguinis obligo me et transeamus ad tab tibi de me dentibus in elit".

Y otra vez, todo sucedió tal cual debía suceder. Y aparecí de nuevo en esa puerta, en ese portal. Al abrirla, comencé a flotar tal cual pluma es elevada por el viento, el cielo parecía un arcoíris puesto a que las auroras boreales estaban presente en el firmamento y descendían hasta tocar la tierra. Como si una cascada de colores decorase todo.

Quedé maravillado, al ver tal hermosura y majestuosidad. Aquí todo era puro silencio. El cielo colorido, la tierra colorida, los mares coloridos. Podía sentir como la brisa acariciaba mi ser. Noté por primera vez en mí, que no tenía forma, que era como un pensamiento. Tenía conocimiento de mí y consciencia. Pero yo, no tenía forma, así que no sabía que era yo en realidad.

¿Por qué?, ¿qué podría ser uno sin el cuerpo y sin forma? No lo sabía. No sabía que era en este estado, solo sabía que yo era un humano al estar en mi cuerpo. Pero fuera de él, no sabía en realidad cómo nombrarme. En realidad, no lo sabía.

Era algo muy extraño. Era un pensamiento sin forma, una consciencia viva. Lo podía ser todo y a la vez, algo que para muchos sería inexistente. Decidí nombrar a este lugar como, "Aurora del Renacimiento" Porque aquí, podría decirse que renací, no como un ser humano sino como algo superior. Aquí mi ser, lo que es retenido cuerpo renació.

¿Cómo? Decidí tomar forma, pero no como un cuerpo humano, sino más bien como algo diferente. Me volví luz, un rayo de luz. En ese lugar podía trasladarme tan rápido que era algo maravilloso. Podía subir al firmamento y bajar tan rápido como el parpadeo de un ojo. Aquí entendí que el ser humano, no es solo un cuerpo, es algo más.

Era tan rápido que podía viajar a través del tiempo, ver el pasado, ver el futuro. Podía estar donde quería estar con tan solo desearlo. Podía parar el tiempo, me volví el mismo tiempo. Ahí comprendí porque El Principio me decía que el cuerpo es una prisión. Ya que, dentro de mi cuerpo no hubiese podido lograr todo esto.

Era tan veloz, que deseé estar fuera de ese lugar y lo conseguí. Pude ver mi cuerpo tendido en frente del espejo. Pero esta vez todo era diferente, porque podía viajar por todo el mundo mientras estaba en estado de luz. Al volverme el tiempo, porque el tiempo es luz, una luz tan radiante que ninguna oscuridad puede opacar. Podía permanecer así todo el tiempo que quisiese.

Viajé por todo el mundo, miré a todos sin que nadie pudiese mirarme. Y descubrí la eternidad. Viaje al espacio y pude observar que dentro de la más densa oscuridad hay luz, una luz tan profunda que a simple vista nuestros ojos no la pueden captar y la ven como oscura, como oscuridad porque nos ciega.

Regresé a mi habitación y me quedé observando mi cuerpo. En este estado pude notar, que hay cadenas invisibles que nos sostienen. Como si fuésemos marionetas, por lo cual a veces nada es como queremos que sea. Porque algo o alguien nos controla de una forma muy descabellada. Pero yo, gracias a mis conocimientos logré escapar de ese control.

Al ser luz, podía tomar la forma que quisiera, así que tomé la forma de un rayo y como un rayo fugaz y veloz corté esas cadenas y regresé a mi cuerpo. Al regresar sentí todo diferente.

Era yo mismo físicamente, pero por dentro sentí que algo cambió. Mis 5 sentidos humanos se agudizaron. Podía ver en la oscuridad, podía escuchar más de lo normal, sentía el sonido de la sangre recorriendo mis venas, el palpitar de mi corazón se volvió más intenso.

Más que humano

DECIDÍ SALIR A CAMINAR, POR las calles de mi apreciado vecindario. Ahora todo para mí era diferente, tenía una percepción más clara de todo. Los árboles me hablaban, podía entender el lenguaje de los animales. Me volví uno con el todo. Al romper esas cadenas que me limitaban a desatar mi verdadero yo, esas cadenas que limitaban mis sentidos y mi percepción sobre las cosas, yo caminaba por las calles y podía escuchar el pensamiento de las personas, podía ver el viento, podía tocar el viento, podía controlar el viento. Todo cuanto me rodeaba, todo cuanto existía estaba a mi voluntad. No me volví un dios, me volví un ser de luz. Seguía caminando y me quedaba estupefacto al saber lo que los demás pesaban, y mientras escuchaba el pensamiento de las personas más sentía que no las entendía.

Entonces llegué a la conclusión de que la mente, al no estar en frecuencia total con el cuerpo y con nuestros hechos, se vuelve nuestra enemiga principal. Pero yo había podido lograr vencer a mi mente, sí. Logré vencer a mis pensamientos, porque yo controlaba lo que pensaba y lo que no. Mi mente se volvió sumisa a mí y me volví uno con la mente.

Ya que la mente es el motor por el cual también nos limitan. Pero había algo muy curioso, no entendía como habíamos surgido, como fuimos creados o como llegamos a estar en donde estamos y como nuestra esencia llegó a ser aprisionada en esta prisión llamada cuerpo.

A pesar de que ya era un ser de luz, a pesar de que podía hacer muchas cosas que los seres humanos normales no, mis conocimientos aún eran limitados. Puesto a que no podía lograr entender unas cuantas que otras cosas.

Sentía que había algo más, que me faltaba algo para poder lograr tener el conocimiento total. Pero ¿Cuál sería el precio? ¿Cuánto o qué me costaría esto? No lo sabía. Pero mi curiosidad era tan grande, que sabía que tenía que buscar.

Tenía que seguir buscando hasta por fin saciar mi curiosidad.

Encuentro con Gea, Gaia

Transcurrió un año. Anduve deambulando por el mundo, exploré los confines de la tierra, navegué por los cielos, surqué los mares. En mi forma de luz. Mientras mi cuerpo dormía. Yo viajaba y conocía. A mediados de 1950, recuerdo bien la fecha y la hora como si hubiese sido ayer, ya que mi memoria se volvió fotográfica y más aguda.

Estaba recorriendo los parajes de Sicilia y decidí adentrarme en el monte Etna. Ubicado en la costa este, entre las provincias de Mesina y Catania. Subí al volcán que allí se encuentra y entré en él. Vi, que había dos seres en lo más profundo del volcán, los cuales parecían estar muy satisfechos gozando de la tranquilidad de tan recóndito paraje. Pero, al verme se llenaron de cólera, porque no entendían cómo yo, había podido llegar a su morada. Sus nombres eran Urano y Gea. En la mitología griega, Urano es un titán primordial personificador del cielo. Mientras que Gea, o mejor conocida como, Gaia es la diosa primigenia que personifica la Tierra en la mitología griega. Es una deidad primordial y ctónica en el antiguo panteón griego, considerada la Tierra Madre. (En mitología y religión, y en particular en la griega, el término ctónico designa o hace referencia a los dioses o espíritus del inframundo, por oposición a las deidades celestes. A veces también se los denomina telúricos)

Yo, al sentir su cólera. Les dije que no pretendía incomodarles y que no le hablaría a nadie sobre ellos. Urano, con todo su furor lanzó un ataque sobre mí. Fue un rayo de fuego, un fuego tan intenso que su color era un azul tan profundo que ni el mar se podía comparar a tal azul, mientras que yo lo pude esquivar con facilidad, ya que era uno con el tiempo y podía moverme tan rápido como la luz. Hecho que a él le colerizó aún más, pues me dijo que un humano no podía gozar de tales poderes.

Mientras que, por otro lado, Gaia con toda su paciencia y serenidad lo detuvo. Fue entonces cuando decidí hablar con ellos, ya que yo desperté en ellos su curiosidad. Porque tanto los seres humanos, como los espíritus del inframundo no pueden resistirse a la fuerza de la curiosidad.

Ahí fue cuando les conté, cómo había obtenido tales poderes y cómo había logrado llegar hasta donde ahora pude. Gaia, me contó que surgió tras el caos. En algunos relatos cosmogónicos griegos, el Caos es aquello que existe antes que el resto de los dioses y fuerzas elementales, es decir, el estado primigenio del cosmos.

Y que luego de ella surgir, trajo consigo a Urano, el cielo estrellado, su igual, para cubrirla a ella y a las colinas y también a Ponto, la infructuosa profundidad del mar.

Me dijo que había concebido más hijos con Urano, pero no me mencionó sus nombres. Ya que Urano aún seguía enojado por mi presencia en su morada y otra vez me lanzó un rayo de fuego, lo cual provocó que el volcán entrara en erupción.

Yo al ser tan rápido como la luz o más rápido que ella, salí de allí sin ser afectado por la cólera de Urano ni de su rayo. Recorrí los océanos y me sumergí en lo más profundo de ellos. Donde ninguna criatura humana pudo haber estado nunca jamás. Vi criaturas muy extrañas y enormes, vi cosas que nunca imaginé que iba a ver.

Ponto

Allí conocí a Ponto. La penumbra de lo más intenso del mar, el infierno hecho aguas. Nunca me dijo nada, su silencio era tal que perturbaba mi mente, su serenidad era tan intensa que cualquier persona normal caería en la locura inmediata.

Pude percibir que se sentía un poco molesto, puesto a que los humanos interrumpen su serenidad al estar lanzando bombas y experimentando en su tranquila y recóndita morada. Razón por la cual, él decidió cada cierto tiempo azotar las tierras de los humanos, con maremotos, tifones marinos, tornados y cuantas desgracias naturales se les ocurriera. Todo barco, todo humano que por mera casualidad se atreviera a pasar cerca de él, él se encargaría de darle fin inmediato a su insignificante existencia.

Cabe resaltar que, el barco Mary Celeste zarpó el 7 de noviembre de 1872 desde Nueva York, con rumbo a Génova. Los 10 pasajeros que iban a bordo nunca volvieron a verse, ya que fueron devorados por la furia de Ponto.

Al igual que durante la Primera Guerra Mundial, el submarino UB-85 se convirtió en leyenda al ser atacado por una "extraña bestia". Pero ellos desconocían que habían sido víctimas de Ponto.

El 5 de diciembre de 1945, cinco aviones del Ejército de EE. UU. despegaron para lo que pretendía ser un ejercicio de entrenamiento hacia las Bahamas. Pero salió mal.

El denominado vuelo 19 era la última práctica de los 14 hombres a bordo, antes de su graduación. Sin embargo, tras completar la tarea y cuando iban de vuelta a Fort Lauderdale, el comandante reportó que estaba perdido.

"Estamos entrando en aguas blancas, nada se ve bien", dijo antes de perder el contacto y salirse de curso durante las siguientes horas. Los hombres se dirigieron hacia el mar y desaparecieron. Además, 13 hombres que salieron a buscarlos posteriormente, también se esfumaron. Nunca se volvió a saber nada de ellos. La búsqueda por esta desaparición fue una de las más grandes de la historia: incluyó a cientos de barcos y aviones. Todos fueron víctimas de la ira de Ponto.

Pero pocos desconocen este hecho y pocos sabían qué, Ponto es el culpable de todo. Yo, por curioso y por mi sed de conocimiento descubrí sus crímenes, pero como es obvio no hay poder humano que haga justicia sobre él. Así que decidí alejarme de ahí, y seguí deambulando por el mundo sin rumbo fijo.

Todas las noches salía de mi cuerpo y al ver los atisbos del amanecer volvía a él. Tenía una pregunta en mi mente que no me dejaba tranquilo, tenía una impetuosa necesidad de saber, cómo y quién nos aprisionó a nosotros en este cuerpo terrenal y mortal.

Busqué por todos lados de la tierra, a lo ancho y a lo largo, a lo alto y a lo bajo. Donde quiera busqué y busqué para ver si podía encontrar más respuestas. Pero, no encontraba nada.

El Ser en mi interior

Como busqué por todos lados y no pude seguir encontrando respuestas me puse a meditar con la finalidad de estar un poco más sereno y aclarar algunas ideas, lo cual resultó muy eficaz. Ya que se me ocurrió no buscar fuera, sino adentrarme en lo más profundo de mi mente.

Una madrugada como cualquier otra, decidí aprovechar el silencio de la noche y la tranquilidad de la misma para meditar y salir de mi cuerpo, salir de mi cuerpo para entrar en mi mente. Fue algo muy complejo.

Salí de mi cuerpo y me quedé observándome unos minutos, luego me imaginé que mi mente era una especie de universo, oscuro, solitario, sin frío ni calor, puras penumbras. Me adentré más y más en mi mente y cada vez todo era más oscuro, una oscuridad tan densa que no sabía con qué compararla y un silencio tan denso que no sabría ni cómo describirlo.

Solo sentía que me adentraba más en mí hasta que en lo más profundo de mi mente encontré un ser, un ser tan majestuoso y sublime que no puedo ni decir su nombre, ni su forma, ni nada, porque toda explicación que salga de mí sería vana y se quedaría corta ante tal majestuosidad.

Yo estaba en forma de luz. Pero, ese ser era más que luz, ni los astros del cielo, ni las estrellas, ni el sol, ni la luna podía brillar tal cual maravilloso ser.

Fue como encontrar una gota de luz en medio de lo más oscuro del universo. Ese ser me habló, su voz no era una voz, era como una vibración que chocaba conmigo mediante una frecuencia de armonía, al sentirle me llenaba de más serenidad, es como si se comunicará conmigo telepáticamente.

Me felicitó por haberle encontrado y por descubrir su morada. No sabía ni que decir, ni que pensar. Pues ese ser ha estado dentro de mí todo este tiempo y yo ni sabía quién era. Le pregunté su nombre y me respondió.

—Soy uno y todos a la vez. Soy el creador de todo y a la vez la nada absoluta, el vacío.

Le pregunté:

—¿Eres Dios?

Y me dijo:

—Muchos me llaman Dios, otros me llaman de diferente nombre. Cada quien me da el nombre que más les convenga y para todos soy diferente, ya que casi todo el mundo me percibe de una manera diferente, cada quien me interpreta a su conveniencia y cada quien me interpreta y dice conocerme conforme a lo que le ocurre en su vida, pero yo soy uno y vivo en todos. Solo que muchos no me han encontrado y otros si y al encontrarme ya ahí se comparten la idea de que soy de tal modo y por eso para muchos soy de una manera y para otros de otra.

Me dijo:

—Es grato ver que aún hay humanos interesados en la superación personal mental, antes que en la económica y banal. Ya que te has de haber dado cuenta de que, en tu forma de luz, no necesitas dinero, ni casa, ni comida ni nada. Te has dado cuenta de que en tu forma de luz, eres uno con el universo y el universo es uno contigo. El mundo es tu hogar. Pero pocos al poder llegar a este estado se preocupan por la banalidad de este mundo y no los culpo.

Me quedé pensativo unos minutos y él, al estar en mi mente me dijo:

—Te preguntas que, ¿qué soy en realidad? —Prosiguió diciendo—: Si te defino que soy estaría limitándome y no tengo limitaciones, soy el Ser supremo. ¿Te preguntas si nací o fui creado? Ni una ni la otra. Siempre he existido. Todo cuanto conoce el ser humano ha sido fruto de su interpretación dada por él mismo para poder entender. Sin embargo, a mí, han tratado de entenderme y conocerme más no lo han podido hacer, ya que no hace falta saber de dónde vengo ni que soy, solo hace falta aceptarme sin ninguna interrogante.

»Porque antes de que la luz sea luz, yo ya brillaba. Porque antes de que todo existiera yo ya existía, todo nació a través de mí. Yo le di vida a todo. ¿cómo? Fácil, soy el ser que crea con la mente, soy la mente suprema. Si quieres conocerme conoce tu mente. Y lo que creas saber de mí, guárdalo para ti y entonces me entenderás.

El Ser supremo me dijo adiós, y desperté en mi cuerpo sin querer y sin haber estado dormido.

Nuevamente una ola de preguntas comenzaron a inundar mi mente. Entendí, que el ser supremo vive en cada uno de nosotros, solo que lo ahogamos y no lo dejamos salir a la luz porque estamos infectados de muchas creencias y doctrinas que nacen del pensamiento corrompido del ser humano, el cual cree siempre tener la razón.

Entendí, que el creador está en todos y que todos estamos en el creador. Pero que no todos somos capaces de llegar a sentirlo o verlo obviamente por lo ya narrado anteriormente. Me senté en mi cama, y me pregunté ¿Qué es la muerte en realidad? ¿Qué pasa al morir? Cierto es que tenía conocimiento de muchas cosas, pero aun así tenía mis limitaciones, podía si lo hubiese querido viajar de nuevo y hablar con el ser supremo y preguntarle sobre la muerte, pero decidí averiguarlo por mi propia cuenta.

Una dimensión desconocida

El hambre de conocimiento se volvió un vicio y el conocimiento en sí, se volvió una droga para mí. Necesitaba consumir y consumir más conocimiento, quería saberlo todo para así borrar el miedo de mi ser. Ya que el miedo nace a través de la ignorancia.

Recuerdo que cuando hice el ritual por primera vez, pude ver ánimas y más criaturas rondando por las calles, esas ánimas y criaturas parecían espíritus, más no les preste mucha atención en ese entonces. Decidí desprenderme de mi cuerpo, de mi forma física y salir de nuevo a indagar un poco. Me comencé a desplazar de oriente a occidente, de arriba hacia abajo, de derecha a izquierda, tan rápido, tan veloz, tan fugaz que pude entrar a otra dimensión.

La dimensión del tiempo, el tiempo es como una esfera, es un rayo de luces que se desplaza por todos lados. Luces de colores, cada luz significa algo, había bastante colores diferentes. Uno era el pasado, otro era el futuro, otro era el presente y había otro que no era ninguno de los ya mencionados. Entonces me pregunté, si no es ni el pasado, ni el presente, ni el futuro, ¿Qué es?

Pero para saberlo debía de entrar ahí y fue lo que hice. Entré a esa dimensión desconocida y ahí se encontraban todas las personas que había conocido en vida, todos los seres humanos que conocí y murieron aquí estaban. Estaban en una dimensión donde no había tiempo, y digo que no había tiempo porque no sabía cómo llamarle aun con tanto conocimiento que había en mí. Solo conocía el presente, el pasado y el futuro, pero esto no.

Entonces este lugar al no tener tiempo, decidí llamarlo infinito. Aquí todo era diferente, y trataré de detallarles a todos de la manera mejor posible cómo era este lugar. Imagínate un llano inmenso, tan inmenso que no puedes ver su final, como un desierto, pero con ciertas cosas. Cabe recalcar que en esta dimensión todo era hecho a través de luz. Pero no cualquier luz, la luz emanaba de todo ser que aquí estaba y ellos creaban con su luz. Aquí existía la paz, ya que no había ni dinero, ni nada que pudiese corromperlos. No eran humanos, no eran espíritus eran luces creadoras, podían hacer y deshacer sin que nadie ni nada les dijera algo. Era un mundo de luz y paz.

Entendí que, al morir, el ser humano se vuelve luz, ya que se libera del cuerpo que es una prisión, y se va a la dimensión de la luz donde allí es liberado de la banalidad del mundo donde llegamos, primeramente. Me le acerque a uno de ellos y le pregunte que como se sentía en este lugar, a lo cual me dijo que no sentía nada. Que aquí no había sentimientos, que aquí no había nada más que luz y creaciones.

Se me hizo raro escuchar esto, pero, entendí que todo cuando sentía estando en el cuerpo provenía del cuerpo y no de ser. Que todo sentimiento, pensamiento y cosas mundanas venían del mundo, de ese mundo donde llegamos primero, pero para aprender. Le pregunté:

—¿No te sientes aburrido? —me dijo.

—El aburrimiento aquí no existe, pasarán siglos y siglos y volveré de nuevo al mundo.

Le pregunté:

—¿Para qué?

Y me dijo que así ha de ser, que todo está unido, aunque hallan dimensiones diferentes, y presente, futuro y pasado, todo está unido y todo lo que va, vuelve, y todo lo que vuelve, se va. Que, al morir, volvemos a nacer y que al nacer volvemos a morir.

Estas palabras me perturbaron un poco, aunque no es en realidad el porqué. Quizás porque pensé que todo era diferente o porque quizás creí que sería más divertido. Entendí algo, venimos al mundo a disfrutar. Nos vamos del mundo para descansar, ya que el precio de todo esto es el cansancio. Comprendí que antes de nacer ya yo existía en ese lugar, que todo los que nacemos ya hemos existido.

Es decir que la existencia es eterna, solo que cambiamos de rostros y que quienes logran la iluminación absoluta, logran recobrar los recuerdos de vidas pasadas.

Y si logras recordar tus vidas pasada sentirás y vivirás tu nueva vida aún mucho mejor y disfrutarás de esta aún más. Le pregunté a ese ser sobre el infierno y el paraíso. Y me dijo ambos existen. El infierno no es como lo muestran, o como lo suelen imaginar. El infierno es un lugar donde van aquellos que, en sus vidas en la tierra, en el mundo no aprendieron la lección de vivir y estuvieron repitiendo los mismo errores una y otra vez, en el infierno son adiestrados para que sean mejores y logren volverse luz para venir a este lugar y luego volver de nuevo a la tierra, eso sí, volverán y volverán hasta lograr recordar sus vidas pasadas y mejorarlas, ya que, cuando logras esto, vas al paraíso.

Le pregunté:

—¿Qué es el paraíso? ¿Cómo es?

Me dijo:

—El paraíso es como la tierra, pero mucho mejor. Todo aquel que llega al paraíso lo hace porque ha logrado recordar sus vidas pasadas y ha logrado mejorar sus errores. Al hacer esto ya eres más que luz, eres un ser digno de disfrutar de una tierra mejorada. Perfecta.

Ahí comprendí el sentido de la existencia. Comprendí que todo ser que nace, ya había nacido antes. Entonces entendí que fuimos creado o surgimos siendo una cantidad ya contada y que en la tierra habrá un límite de nacidos. Porque estamos contados. ¿Cuántos somos? No lo sé, solo sé que hemos sido y somos una cantidad hecha y que cuando lleguemos al límite, ya nadie más nacerá e iremos disminuyendo porque iremos pasando al paraíso.

Entonces comprendí que cuando esto suceda, será el fin de la tierra. Porque llegaremos al paraíso todos. Esa ha sido la finalidad del ser supremo. Conforme analizaba todo esto, comprendí el porqué del sufrimiento, el porqué del dolor. El dolor nos enseña a ser mejores y cuando aprendemos del dolor actuamos mejor y al actuar mejor tendremos nuestro premio. Decidí volver a la tierra y me salí de esa dimensión, entendí que para lograr llegar al paraíso el ser humano debía de aprender y quien no aprendía en la tierra estaría condenado al sufrimiento hasta que aprenda a ser mejor.

Estando en la tierra me elevé lo más alto que pude y me puse a contemplar a la humanidad, al verla actuar tan corrompida y deliberada, no todo el mundo en su totalidad, claro está. Decidí escribirle esto para que sepan y al igual que yo conozca lo maravilloso que será su futuro si logran encontrar el sendero correcto al vivir. Yo por otro lado seguí en mis aventuras, hasta que por fin luego de morir llegué al paraíso, decidí dejarle este conocimiento para que al igual que yo, pueda venir y disfrutar de tan hermoso lugar.

Antes les había hablado de que el cuerpo estaba sujeto por cadenas y que al parecer mediante estas cadenas somos controlados. Al adquirir todo el conocimiento que ahora tengo, puedo decirles que esas cadenas son todas las falsas creencias las cuales nos han inculcado a través de los tiempos. Estas creencias, doctrinas o como les quieran llamar han sido inventadas por el mismo ser humano.

Por aquellos que no han logrado llegar al estado de luz, sino que se han ido por el camino de la oscuridad al creer tener la razón en algo erróneo. Y se preguntarán que si yo no soy uno de ellos. Pero no les puedo dar esa respuesta, ustedes mismos deben descubrirlo y con el tiempo sabrán, si lo que ahora les digo es cierto o no.

La mente

Nuestra mente es el arma más fuerte que tenemos y a la vez nuestra peor enemiga. Por esa razón debemos domarla y no dejarnos domar por ella. Cuando domamos a la mente nos volvemos luz, cuando la mente nos doma nos volvemos oscuridad. Porque, ¿Quién decide lo que piensas? ¿¿Tú, el ser consciente? ¿O tu subconsciente?

Descubrí que dentro de nuestra mente hay algo más, todo pensamiento antes de llegar a la mente es procesado por algo más allá del entendimiento humano. Cuando piensas en algo, ya ese mecanismo lo había pensado antes de llegar a la mente y ha enviado ese pensamiento al consciente. Pero, ¿Qué es? No tengo palabras para explicarlo, pero tengo que decirte que la mente tiene tres niveles, el primer nivel es el origen de todo, el lugar desconocido. Aunque obviamente para mí, ya es conocido. El segundo lugar es el subconsciente y el tercer lugar es el consciente. Donde están todos los pensamientos, la voz que escuchas al leer, al pensar, al analizar.

Podemos controlar el consciente, aunque no del todo, pero el subconsciente o sea el segundo nivel no podemos controlarlo, no podemos acceder a él del todo. Y para poder llegar al primer nivel es algo aún más complejo. Pero yo, Ynierb Otaeb lo logré.

Ya les he hablado sobre todas mis travesías y todo lo que pasé y tuve que hacer para conseguir todo esto. Y les puedo decir con firmeza que no hay mayor riqueza que el conocimiento. El conocimiento es poder y también riqueza. Pero depende de qué busques saber, porque si te desvías del camino y te vas por senderos oscuros te puedes perder y al perderte puedes perturbar tu esencia. Y caer en las penumbras de las dudas y del desasosiego.

Fui nombrado embajador del paraíso en la tierra, por ser el primer humano en llegar a hacer lo que ya he hecho. Por eso puedo ir y venir de la tierra al paraíso y he ayudado a muchos seres a llegar al estado al cual yo llegué. Claro está que a ellos no se les otorgó el mismo privilegio que a mí, de poder venir de vez en cuando a la tierra y volver al paraíso. Todo por descubrir y desvelar el secreto que todo ser humano quiere saber. Se me otorgó el permiso de darle este conocimiento a ustedes para que así puedan llegar a un lugar mejor que la tierra y no se autocondenen al sufrimiento.

Ynierb Otaeb

En mis viajes como embajador del paraíso me encontré con muchas personas, las cuales me asediaban con mil y unas preguntas, decidí contestarles no por obligación sino por el simple hecho de iluminarlos. Fui el primer ser humano en saber su fecha de nacimiento y de muerte. Pero yo al conocer la muerte no me asusté por ella. Ya que sabía lo que era y alguien una vez me preguntó ¿Qué es la muerte? Y sin ningún problema pude responderle, que la muerte no es más que un lugar de purificación donde purificamos nuestra alma, para volver a la tierra en otro cuerpo y poner en práctica lo aprendido conforme vamos viviendo, para así luego, si vivimos de una forma correcta moriremos esa última vez para ir al paraíso o como otros le suelen llamar el Más Allá.

Y es que, al ser humano no hay nada que le asuste más, que la muerte, pero es que en su gran mayoría no saben que es la muerte y al ser ignorante, como les dije antes, se despierta el miedo, ya que el miedo surge de la ignorancia. Se me otorgaron muchas otras misiones, hacia otros mundos, con otros seres muy diferentes a los humanos, lugares muy diferente a la tierra y se preguntan si les narraré todo lo que aprendí de esos lugares y de esos seres, y puede que sí, que en algún momento les cuente más sobre mis aventuras, pero por ahora me despido y espero que pongan en práctica todo lo que han aprendido de mis enseñanzas quizás pronto vuelvan a saber de mí, se despide Ynierb Otaeb.

Cuando vuelvan a saber de mí, les hablaré también de los sueños, ya que estos no ocurren por simple casualidad y no pasan en la mente de los humanos porque si, les diré por adelantado que los sueños pertenecen a otra dimensión que se encuentra en nuestra mente y que son de cierto modo u otro, una realidad alterna, la cual existe en nuestra mente y que la mente como ya saben es el universo del cuerpo. La mente es la galaxia donde todo ser se une, de cierto modo u otro, es el universo del ser.

Se despide Ynierb Otaeb y espero que pongan en práctica lo aprendido para que trasciendan al lugar donde ahora estoy y poder platicar de esto de una forma más amena.

Sobre el Autor

Breyni Beato Ramos, nació el 16 de mayo del 1993, en la ciudad de Santiago, República Dominicana. Cantante, compositor y escritor de varios temas entre ellos, Psicólogo, Amor Corrompido, Eres Hermosa. Luego de realizarse como cantante y compositor, descubrió fascinación por los libros al leer varios relatos de terror de algunos escritores como, Poe, Lovecraft, Juan José Plans, entre otros. Decidió escribir su primer relato, el cual lo llevó hacia los misterios tras los espejos.

CPSIA information can be obtained
at www.ICGtesting.com
Printed in the USA
BVHW081922230321
603272BV00008B/1180